好好說別離

黃煒童 Heylo b Wong ——— 著

目次

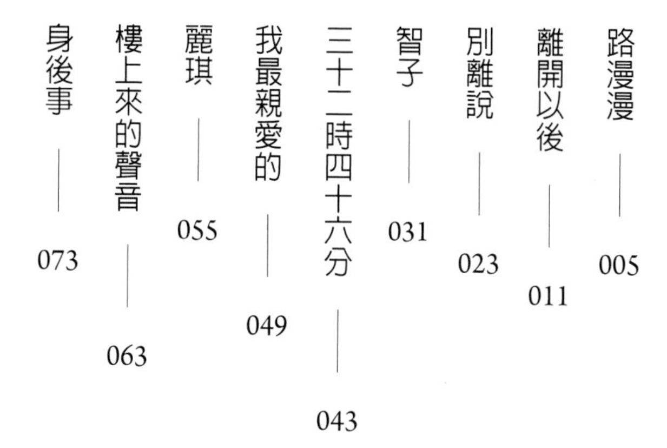

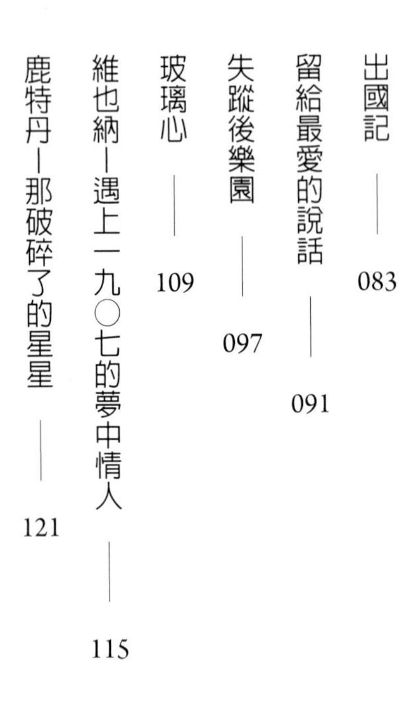

路漫漫

從這裡到那裡，我們需要的不是地圖，而是段段零碎的記憶。妳給我的記憶，比水晶晶瑩，比玻璃更脆。「是時候起行了。」妳說的時候，眼裡閃著七色的淚光。

那是五十年前的事，我跟妳都是剛二十出頭，年輕得叫人難堪。那是一個怎樣的地方呢？我都忘記得跟妳差不多了，畢竟我的記憶並沒有塗上防腐劑。要在記憶深處抽回來一點點的，印象最深的，竟然是出現在湖邊的一隻烏鴉。妳應該記得，那隻在湖面上飛行了很久很久的烏鴉。

那隻烏鴉只是一隻平凡無奇的烏鴉，但我們在鴨川旁邊看了半世紀那麼久。妳說這個天氣不應該有烏鴉。「但那烏鴉就是實實在在的出現在我們跟前呢。」我說。「迷路了。」妳說。

之後我們一起沉默著，繼續觀察那平凡無奇和不應該出現的烏鴉。看烏鴉的同時，我也在看妳。妳的側面溫和如一面湖。妳是知道的吧？我最愛凝神看妳。

太陽下山後，天色變成了一片橙一片紫，我們口鼻呼出的煙清晰可見。天氣應該下降了好幾度，那烏鴉卻依然如風般在湖面上飛行。究竟一隻烏鴉一生可以飛多少公里呢？我不知道書本有沒有記載，但我相信甚麼都應該有一個限數。如果烏鴉的限數已到，牠會不會願意把自己終結於鴨川上呢？

「不要再想一些有的沒的事了。」妳淡淡然道。在妳面前，我總是如此赤裸。世界上是不是只得妳一個能那麼輕易看穿我？我反覆思量，在認識妳之前沒有，在認識妳之後也沒有。按這樣的說法，到目前為止就只得妳一人有這個本事了。

直到我們不得不回去的時候，那隻烏鴉依然在鴨川上戀戀不捨。或者換個說法，是我們對烏鴉戀戀不捨。看著水珠嘩啦嘩啦的從妳身上灑下來的時候，我不禁幻想那隻烏鴉濕身後的景象。

老了，褪色的記憶總是帶點疏落零碎，才剛說到鴨川，卻又想起加德滿都。

三十二歲的那個年頭，我們已經浪跡天涯到一個很遙遠的國度，那是一個永遠都有日落的城市。那日落好像在告訴妳：明天同一時間再見！妳說我的形容像極長青電視節目的主持人。「接下來應該是廣告時段。」妳哈哈哈的笑了幾聲。

在那個黃金日落之城，我們比原訂計劃久留了好一段日子。「是時候起行了。」妳說的時候，夕陽餘暉剛好映照在妳秀麗的臉蛋上，妳的眼裡閃著七色的淚光。

五十年的記憶，多多少少，斷斷碎碎。活了那麼多年，再濃的事情都化開了，唯獨那七色的淚光，永遠艷麗如昔。

「蘇先生，吉時已到，是時候起行了。」

我點了點頭，把棺木合上。夕陽映照在我蒼涼的臉上，這次是我閃著七色的淚光，帶著妳走這一趟不回頭的路。

二〇一七年十月二十五日

離開以後

我沒有告訴貓貓，你離開了。

「我們來養貓吧！」你突然就帶著貓回家，興奮得抱著牠團團轉。

「那給牠起個名字吧？」看著你歡天喜地，我根本沒有反對的理由。

「叫貓貓就好。」你的語調變了，把貓放到地上去。

「貓貓好，簡單直接。」我從廚房拿了一點牛奶放到小盤上，貓喝得津津有味。

「有了名字之後，最後就會捨不得了。」你脫下外套和鞋子，退到浴室洗澡去。

「喵～」貓變成貓貓的一刻，貓貓就走到我的腳邊，住進我的心裡去。

我沒有告訴茶餐廳的麗姐，你離開了。

「常餐，A餐，熱啡，凍檸茶，行街。」我如常落單，從口袋掀出預先算好的四十三元整。

「凍檸茶少甜少冰，熱啡走奶，對嗎？」我竟忘了說，只好急忙點頭。

「對，這裡四十……一、二、三……」我低頭忙著數錢，試圖掩蓋我的不安。

「我們加價了！靚女沒有跟你說？要四十八元啦！」我額角冒著汗，謊言原來是那麼容易被刺破。

「明天再來給你五元，可以嗎？」我全身上下就只有四十三元整。

「都老街坊了，不急！」麗姐笑著把我的四十三元收下，放到收銀機裡去。

我沒有告訴寵物店的琪琪，你離開了。

「哦，轉口味嗎？」我拿起火雞肉味和三文魚味的脫水糧比較著。

「口味這回事，隨時可以轉的。」我最後決定買三文魚味的。

「還有這六個裝的罐頭，你這次是替女朋友拿吧！」琪琪把六個不同味道的貓罐頭放進我的環保袋內。

「總共多少？」我把環保袋背起來，騰空一個位置來放錢。

「脫水糧兩包五百八十八元。」我默默放下五百八十八元，罐頭是你先付款了，打算後取吧。

「我們有最新會員優惠，生日月有八折，出示會員證就可以！」琪琪這樣一說，我才驚覺下個月就是你的生日了。

開始的時候，貓貓吃一口就吐。

「吃錯東西的後果，就是吐到一地都是，我已領教了很多次！最後倒楣的都只會是你自己。」你曾經多次叮嚀。

我拿著毛巾一邊抹，貓貓就一邊吐。

這個沒完沒了的循環之中，我知道總有一方需要作出妥協。

我把三文魚味的脫水糧拿掉了一半，再混上一整個貓罐頭。

本身咕嚕著鬧脾氣的貓貓，嗅回熟悉的香味，又開始回頭吃得有滋有味了。

我摸著貓貓柔軟的毛髮，總算悟出了一點道理。於人於貓，只不過都需要一方先行作出妥協。

開始的時候，我總是害怕跟麗姐有眼神接觸。

我把眼神集中在麗姐身後那手寫的是日精選餐牌上，這樣我就可以在麗姐與餐牌之間，偷來一點眼神的落差。

「常餐，熱啡，行街。」

「還有？」

「這樣就好。」

我不知道麗姐的表情反應，我只能感受到一股疑惑的氛圍。

我把手中的二十四元握緊再握緊，一元與五元之間都是我心虛的手汗。

我的眼神繼續遊走在沙嗲牛肉麵與公司三文治之間，那是我不可僭越的範圍。

「盛惠二十四元。」

我終於把緊握已久的二十四元放到麗姐收銀的小銀盤上，一下子放鬆下來的手竟然有點顫抖。

「都說你最乖，不用我找續！先坐坐，今日廚房有伙計病了，要多等一會啦！」

我靦腆地笑笑，還是跟麗姐對望了。那一閃而過的眼神中，應該沒流露太多的情緒。

「靚女去了旅行吧？自己一個就坐下來吃！來，有卡位！」

我在卡座位坐下，用沉默代替了說話。麗姐很快就為我送來常餐和熱咖啡，轉頭又去招呼客人了。

我靜靜地坐到望著大門的位置，來茶餐廳的都是老街坊，一個一個的老年人或上班族，靜靜地看報紙或急速地把食物送進口，在此起彼落的刀叉碰撞聲之中，不知道背後隱藏了多少心事？

開始的時候，琪琪是我最不怕面對的一個。

跟琪琪的對話總是有一句無一句的，都是環繞著貓貓的飲食和有甚麼最新的產品或優惠之類，我輕易就能把話帶過。

「已經慣了嗎？」琪琪把我再買的三文魚脫水糧俐落地放進環保袋裡。

「慢慢適應中，找到對的方法就可以了。」我沒有說當初貓貓吐了一地的事，隨手又多拿了幾罐罐頭。

「罐頭不要吃那麼多，會變癡肥。」琪琪邊說，又把罐頭放進環保袋裡。

「沒那麼誇張吧。」收銀機顯示總數為五百五十五元。

「會員生日月打八折，共四百四十四元。嘩！好邪！今個月還要是鬼節！」琪琪瞪著一雙大眼一臉驚訝。

「那你不打八折就好。」我安慰地說，而我更想說的是，那個會員生日月的優惠，其實不屬於我。

「邪門還邪門，規矩還規矩！最多今晚用碌柚葉沖涼！」琪琪把蓋了新印花的會員證還我。

「印花剛好蓋滿廿個，下次購物的時候可以換領免費小食一包。」琪琪笑著目送我離開。

我拿著重甸甸的貓糧和罐頭離開寵物店，繼而把那張從來不屬於我的會員證掉在路邊的垃圾桶裡。

然後，時間讓一切東西習慣起來。

貓貓的脫水糧混罐頭食法，已經由一比一的比例，大幅降低至只有三分一罐的罐頭。

麗姐已經習慣我一個人來吃早餐，只要不太繁忙的日子，麗姐都會把望著大門的那邊卡座留給我。

我跟琪琪說會員證我弄掉了，要重新申請一次，琪琪把表格收回的時候問了我一句：「生日不同了？」

「這是貓貓的生日。」琪琪圓圓的黑眼珠轉了一圈，點頭說：「有道理！」

由一個習慣到另一個習慣，一切就好比月缺月圓，都不過是一個週期性的事。

大家已經習慣了沒有你。

然而，我的週期卻好像比所有人慢得多，每當我放空的時候，你的影像就會在我腦內浮現。

「叫貓貓就好。」你說。

突然覺得，給貓貓起名字很有小王子的意味。

貓變成貓貓，就由一種動物變成了一頭寵物，跟全天下的貓分出來了。

就如同小王子的玫瑰，獨一無二。

「喵～」

我躺在地上，輕輕地撫摸著這頭獨一無二的貓，同時間，看到一根屬於你的頭髮。

我把地上的頭髮拾起，放到貓貓身上，那深黑色格外的分明。

不知道在這一室暗處，還有多少你存在過的證明？

「喵～」

我沒有告訴貓貓，你離開了。

「喵～」

我也沒有告訴我自己，你離開了。

二〇一八年七月十一日

編案：三文治，臺灣稱「三明治」；三文魚，臺灣稱「鮭魚」。

別離說

你知道嗎？你都沒有跟我說再見。

天氣微冷的早上，陽光輕輕的透過窗紗灑在地上，形成一格格的光影，沒有照在你我的臉上。我如常急急忙忙的化妝，一邊跟你說說笑，我在鏡子裡還看到你伸了一個懶腰。

「出門了。」我說。

家的門和窗正好是對著的，對流的關係，風大得很。一開門，房門就「呼」的一聲關上了，門關上的一刻，你是否有話要說？是你沒有說，還是因為那「呼」的一聲關門聲？

我甚麼也沒有聽到，風真的很大。

我趕上了小巴，準時回到公司，工作如常。日子就是這樣過的吧！每天遇上一樣的人，或是不一樣的人，打個招呼，點頭微笑，誰也不在乎那個微笑是真情或假意。這些我都不關心，只知道工作要做好，午飯要去吃，收工要準時。你說過工作都不過是為了有份糧，有本錢才能去過自己想過的生活。

下午二時多了，是我的午飯時間。這公司有一個好處，就是可以自由選擇午飯時段，由十二時到三時內的一個半小時，任君挑選。那小小的自由，對我來說是一個很好的賣點，讓我避開吃飯的繁忙時間。雖然是二時多，但我肚子其實不餓，已經有一段很長的時候，不到傍晚也不覺得餓了。離開公司，漫步到街上，正想打電話給你，電話卻隨即響起。

「……」「……」「……」「……」

有沒有十分鐘？或是更短的時間？這通電話由始直到掛線的那一刻，我都很－冷－靜。因為我不相信，我才不要相信。

地球在轉，時間在過，陽光在動，人影匆匆，世事一切都如常。

你甚麼也沒有跟我提及，甚麼暗示明示也沒有，你就連一句再見也沒有跟我說。

是因為那「呼」的一聲關門聲嗎？

你知道嗎？人在思緒混亂的時候就會變得瘋狂。我就像連續劇的女主角一樣，失心瘋的蹲在街上無聲的哭著，我很想大叫卻發現我叫不出來。如果你在現場，一定會一臉鄙視的說我醜死了。但我一點也在乎，我只是不停在想這是一個低俗玩笑，我好不好去吃個飯，之後電話又會響起說只是弄錯了？路人一個個向我投著奇異的眼光，再避而遠之。如果我是心臟病發作、癲癇症發作，豈不是會橫死街頭？都說，香港人看人就像在博物館內看展品——眼看手勿動。

我從來都不知道，我有那麼多眼淚可以流。眼睛痛了頭痛了鼻子痛了，只要心在痛，眼淚就要流。就好像一個壞了的水龍頭，用盡全力去關依然阻止不了滲漏。我們從前總是笑那些女演員，演喊戲時那種呼天搶地式的手法，太誇張沒有深度，但我開始懂得欣賞了。反而懷疑那些哭得那麼美的人，淚流得那麼美，你的傷心往哪裡去了？

你知道，我是很極端的人，我開始把思想兩極化。看所有人不順眼、看恐怖片、尋找打打殺殺的鏡頭、和外界斷絕來往、在黑暗中過活。我不知道這樣對我有沒有好處，我只知道我需要這些和不需要那些。你記得子洋嗎？子洋的初戀女友自殺了，之後他的現任女友也自殺死了。我一看再看子洋的日誌，找尋那些傷心欲絕的資訊，我需要別人已結疤的傷痕來安慰我的傷口。大約一年前他問過我，「你知道甚麼事比最傷心的事更傷心？」我沒有說話靜待他的答案。「就是最傷心的事發生多一次。」我深深的望進他的眼睛，渴望能給他一點安慰。然而他眼裡空洞洞的，沒映出一點光。

末日般的日子煎熬著我，但也不是全然無益的，起碼開拓了我的知識領域。我知道頭七是要配合天干地支計算出來，作百日是從生者過了十殿閻王之後的那天，知道了中陰、天梯、習俗、禁忌等等。那些我從來都不知道，也沒有興趣知道，現在，倒也背誦得如行雲流水。頭七你有回來嗎？回家的路我已經寫好放到你的口袋，你有看到吧？你是有回來嗎？還是，你不想回來了？我甚麼都不知道，你連報夢也沒有。我每夜的夢，都不過是我尚未流乾的淚。

二〇二二年五月五日，我的手帳內早早就寫下了你的生日，說要到長洲吃炸海鮮慶祝。那個時候我還未知道，原來這是一個不存在的生日和不可能的約會了。其實我是有心理準備的，這一天的來臨比我想像的早多了。有些東西就算你預計了它要發生，直到它來臨的一天，你才會發現，你根本從來都沒有準備好。

那「呯」的一聲關門聲，成了我們記憶的盡頭。

往後的日子我還是會為你流淚。為了你只穿了一天的襯衫、為著家裡充滿著你的氣息、為著你沒有和我慶祝的每個生日、為著你沒有和我去說好的旅行、為著你沒有和我一起老去、為著你沒有跟我說再見。

你知道嗎？你都沒有跟我說再見。那麼，就讓我們永遠也不要說再見。

——給我深愛的你，也給每個因愛人離世而傷心的你——

二〇二二年五月五日

智子

智子的秘密

智子說成為朋友的首要條件，就是要守秘密。

一個只要我們兩個人知道的秘密，一旦第三者發現了，這段友誼就完蛋了。

「為什麼不能多一個人？」

「多一個人知道的就不算是秘密了！」

智子和我各自平躺在單人床上，望著發黃的天花板說著。

這是升高中前的暑假，我們一起參加了為期五日四夜的話劇訓練夏令營。

「那你有沒有秘密要告訴我？」

智子把視線轉移到我身上，像等待主人的小狗一樣，期盼著我的回應。

「沒有，哪有那麼多秘密。」

「怎會沒有！大的小的都沒關係，告訴我一個就行了！」

智子沒有被我的冷漠打倒，反而起勁的跳過來我的床，單薄的鐵架發出了刺耳的唧唧聲。

「一個，一個就好！」

智子雖然和我同年，但她身材比我嬌小得多，站起來的時候她比我矮一截的，躺在床上的她更顯嬌小了。她捉著我的手臂，把頭靠到我的肩膀上，就像一隻愛貼著主人的小狗，惹人討厭也討人喜愛。

「如果我沒有祕密告訴你，那我們要絕交了嗎？」

「嗯……那我們只能做普通朋友，不能做絕頂好朋友！」

「那是甚麼怪邏輯！」

智子總是有著這些奇怪的理論，以致在學校也沒有太多朋友。

我和智子本來也不過是同級的同學，至於我們怎樣成為了像現在這樣的朋友，也可以說是由一個秘密而來的吧。

父親的秘密

兩年前的夏天，暑假前夕。

我在前往話劇課的路上，因為遲了一班火車的關係，基本上是用半行半跑的速度在趕路。

就在轉角的時候，一臉茫然的智子失了神的站在我的前方，反應不來的我們就撞上了。

智子跌倒在地上，我也扭了一下腳踝。

「對不起，對不起！你還好嘛？我顧著趕路，都沒有看清楚……」

「你是海倫娜！」

「海倫娜？」

「我有看話劇社的年終表演，仲夏夜之夢，你是海倫娜！」

我還未搞得清狀況，她已拍乾淨手掌的灰塵站了起來，向我正式介紹。

「我是B班的智子，多多指教。」

我也終於站穩陣腳，轉動了腳踝，確認沒有甚麼大礙。

「嗯……我是演海倫娜的……」

「海倫娜你幫幫我！我有難了！我們先躲到這邊！」

「叫我櫻島就好……」

智子緊張兮兮的拉著我躲到一邊，手一直握著不放，握得我手心都冒汗了。

不知道過了多久，我們一直沒有作聲，而我只知道我是趕不上今天的話劇課了。

「沒事了，我們過關了。」

智子終於鬆開了緊緊握著的我的手，笑著向我說不好意思，這時我才看清楚智子比我矮了一個頭，是一個很嬌小的女生。

我依然一頭霧水，只有智子繼續笑著。

我們到便利店買了果汁和三文治，在附近的公園坐了下來。

幸好早前下了一場大雨，以致這個夏天的傍晚也不見得太悶熱，空氣中還帶有一點雨水的酸味。

「你守得著秘密嗎？」

「那要看是一個怎樣的秘密吧。」

智子咬著她的雞肉三文治，我喝著我的蘋果汁。

「剛才我看到我父親，和一個女子一起，很親密的那種。」

「很親密？」

「不要跟我說你不懂。」

智子看著我，好像在確認甚麼。

成年人的親密，成年人的遊戲，說實在不需要成年也是可以明白的。

「重點是，我不知道我母親是否知道。」

「但你知道了。」

「親眼目睹。」

「那你打算怎麼辦？」

智子沒有說話，直至她把手上的三文治吃完。我的蘋果汁一早喝光了，我只在把玩手上的空瓶子。

「我打算保守秘密，那是父親的秘密。」

我望著智子，思考著好不好再說點甚麼，但我又覺得自己好像太多事。

「你也會替我保守秘密嗎？」

我點點頭。

「那我們是朋友了。當朋友的首要條件，就是要守秘密，沒有第三者會知道。」

智子伸出了尾指，我們像小學生似的勾手指作證。

太陽下山了，天空慢慢由橙紅色變成紫藍色。

就這樣，我和智子在紫藍色的天空下勾手指成為了朋友。

母親的秘密

「最後一個晚上了，你就給我說一個秘密吧！」

是的，今晚是最後一個晚上了，五日四夜的話劇訓練夏令營終於結束。

明天我和智子就各自回家，不再睡在彼此的身邊了。

也許是這種或多或少的離愁別緒，教智子繼續不停嚷著要我說秘密。

「是不是沒有秘密不罷休？」

「是的！」

「別人的秘密可不可以？」

「誰的？」

「我母親的。」

智子滿意了，她把枕頭拿了過來，和我的枕頭並排著。

小小的單人床瞬間變成了一張迷你雙人床。

「我準備好了。」

智子的口吻就像等待話劇開幕。

「我母親好像和別的男人交往了。」

「你不喜歡？」

「他有家室的。」

「那……他準備離婚？」

「男人總是這樣說的，不是嗎？」

智子沈默了半晌，深深的歎了口氣。

「成年人的世界一定要這樣複雜嗎？」

「不一定的。」

「我可以不長大，不做大人嗎？」

「你只能不長高。」

智子笑了，想推我卻又要靠著我。

「我長高了就不能這樣靠著你了！」

「噢，那我要多謝你為了靠著我而不長高了。」

「你懂得我一片苦心就好！」

智子說著把頭鑽進我的臂彎內，散落的頭髮傳來了洗頭水的香味。

「我們今晚一起睡好不好？」

「半夜別推我下床就好。」

「不會的，我是那些很乖的小狗，只會靜靜的睡在主人的懷裡。」

我們沒有再說話，智子好像真的變成了一隻靠著主人而睡的小狗，安靜地睡進夢鄉了。

我的秘密

然而我還沒有睡。

我嗅著智子頭髮的香味，思考著母親的秘密的下半部，我只希望智子永遠不要知道。

誰會想知道自己的父親搭上了好朋友的母親？成年人的世界就是這樣複雜了。

智子說成為朋友的首要條件，就是要守秘密。

作為朋友，有些秘密，交由我一個人守著就好。

二〇一七年九月七日

三十二時四十六分

和G*t23w相遇純粹是偶然的事。雖然你會說這個宇宙的所有事件已經由tt378629*fc258所控制，但請你還是容我用舊世界的形容詞來說好嗎——偶然，多浪漫的一個字眼。

該怎樣形容G*t23w？如果你有遇過金星人，或更甚和金星人共事過，你就會知道他們是如此特別的一個物種。沒有火星人的乾燥皮膚，也沒有天狼星人那粗獷的身形，更甚沒有小灰人的獠牙與利爪。肌膚藍得通透如冰，長眼睛內的光澤如星河，還帶著特有美態的長手長腳。如要數B836星系內的最美一族，金星人絕對是我唯一之選。

我和G*t23w是在落鯨號的甲板上相遇的。那時正好經過火星帶，大家都上來欣賞太陽剛好降落在火星邊緣的美景——日落，在舊世界這樣的一個景色他們稱之為日落。你不要管我，我就是喜歡舊世界的字眼，要浪漫就有多浪漫，最適合來形容我和G*t23w的故事。

對啊，我和G*t23w的故事，讓我現在就告訴你。

走過888弧度軌跡的剎那間，太陽的金光像星塵般灑落在G*t23w透藍色的皮膚上，金光閃閃的G*t23w就像流動的銀河一樣，迷惑著我。也許是我看得太入神，被G*t23w發現了。長眼睛一動也不動地看著我不發一言，看到我心虛。我們就這樣對望著，最終我還是先發言了。這叫作風度，你懂不懂？

我：日落真美。

G：F:&4(&(?vbhk?

我：這個現象在舊世界叫日落。

G：Cjsfj&:@?/12(?0?

我：工作關係我經常來回舊世界。

G：KKadc)4(?/$&uancAgybjsb:8/&,y?

我：還好，我都習慣了。

G：Scfjv&@::?(!-;4!

我：對啊，有很多浪漫的字眼。

G：Dfrjv&/-48??

我：當然可以啊！

就這樣，我和G*t23w展開了綿長的對話。關於舊世界的話題，我大概可以說幾個光年。我們在看第三次仙女座流星雨時討論微風，在經過朱眼紅塵帶時研究潮漲潮退。我們還談及音樂，電影與書本。如果可以，我希望可以永遠說下去，那我就可以永遠與G*t23w在一起。甚麼是永遠？就是很漫長很漫長的意思，沒有盡頭，也沒有彼岸。

當然，所謂的永遠只是相對的。我沒有永遠的說下去，但我與G*t23w故事的結束，卻成為了永遠。

我不知道為什麼我要跟你分享我與G*t23w的故事（或許嚴格來說這不是故事），就像有千萬個記憶的盒子，我與G*t23w的故事只是當中的一格或更甚是一格內的千分之一格，但這個故事卻成為了我漫長的歲月內一種特別的存在。就像流星經過氧氣層，你不知道那顆星塵最終在地面留下了坑紋。

為什麼我和G*t23w的相遇會成為留下坑紋的特別的存在，也許正如這個故事的開端，是純粹的偶然，是只屬於我的浪漫。也許有一天，在三十二時四十六分，聽我說著故事的這個你，也會成為你記憶迴路中某一個特別的存在，成為那一顆留下坑紋的星塵，成為只屬於你的浪漫。

二〇二一年三月十二日

三十二時四十六分

我最親愛的

從張開眼睛的一刻，我就知道，命運已經注定了。親愛的，你就是我最親愛的。

剛來到人間的你，只懂ㄚㄚ聲的呼喊。你是把我的名字喚作ㄚㄚ嗎？不對，你好像對任何東西都喚作ㄚㄚ。我最親愛的，你才不會把我跟其他東西共用同一個稱號，對嗎？我是知道的，你一定會給我一個專屬的名字。我們慢慢來，不急。

看著牙牙學語的你，從在地上爬行到走兩步退一步，漸漸已經學會說單字。你說得最多的依然是ㄚ，之後就是爸和包，其次就是花和貓。我最親愛的，你說的每個字我都記好了，不知道你會取一個怎樣的名字給我？

每一個安靜的晚上，都是我最愉快的時間，我總是細聽著你的呼吸聲和夢中的絮語。當你不規律地轉身的時候，我知道你是造夢了。還有那不自覺地流在我身上的唾液，就是造著甚麼美夢的標記。我最親愛的，我是多享受著我們之間的親密。這些只有我懂，而你卻永遠無法洞悉的親密。

某一個風和日麗的下午，你對我說——雅雅、雅雅。從此，我就是你的雅雅。這是多麼美好的一天，你把我的名字唸了一次又一次，給我一個又一個的親吻。我最親愛的，我永遠不會忘記，親吻的感覺，既溫柔又澎湃，激起了一種前所未有的感動。這個時候，我還未懂得這種甜蜜的感覺是甚麼，只能形容為一種非常非常的高興。盛夏的大下午，我在無與倫比的喜悅之中，成為了你的雅雅。

接下來的日子，我擔任著很重要的角色，我成為了你最重要的聆聽者。生活中的所有細節，你都毫無保留地對我傾訴。我最親愛的，記得你第一天上幼兒園的時候，還哭鬧著，要我帶你一起上學。那是我第一次和你真正的別離，我那時候和你一樣的害怕，怕這一別就是永遠。我如坐針氈的一直望著大門，直到你跑跑跳跳的回來了，我才放下心頭大石。自此每天短暫的分離，換來你每晚豐富多彩的枕邊絮語。考試拿到滿分、最討厭那位同學、交了多少個朋友、和同學打架、吃了很好吃的蛋糕……生活的點點滴滴，你都對我一一細訴。有甚麼好得過這樣的關係？你細說，我傾聽。

甜美的生活成為習慣，直至一天，我們的世界起了翻天覆地的變化。你的手拉了另一個人，你的溫柔分給了另一個人，你的心，也從此住了另一個人。你依然每晚跟我說話，但你說的話滿滿都是他。他的好，他的不好，我全都知道。那個吵架的晚上，他傷了你的心，你的淚卻傷了我。看著你裝作若無其事的樣子，每個關上燈的晚上卻閉著目流淚。這段被淚傷透的日子，我跟你一樣的難過。我最親愛的，你都忘了嗎？我是你永遠的聆聽者。可是自那天起，你心裡的傷已經再沒有跟我分享。

經過一段接一段的遺憾，你變得堅強了。學會了生活，也能享受寂寞。看著你結婚的那天，我知道你最親密的雙人床上，再也沒有我存在的空間。那個下雨的晚上，我被轉移到客廳之中。窗外的雨下進了我的心，我最親愛的，你有察覺到嗎？

客廳的生活，我慢慢習慣下來。就算關係不再像從前親密，我最親愛的，你依然是我最親愛的，換了另一個角度與角色，我的眼裡也只住著你。婚後的日子，你比以往更忙碌，看著你的大小兒子瓜瓜落地，我就想起你牙牙學語的那個小時候，那個已經很久遠的小時候。我還記得那一個風和日麗的下午，我成為了你的雅雅。這些陽光明媚的好時光，是我心裡永恆的浪漫，使我即使孤獨也不孤單。

年月流逝，看似平淡的生活又起了變化。那個一直握著你手的人，無聲無息的先行一步，剩下你冷冷的手獨自在發抖。大小兒子早已成家立室，偌大的房子最終還是得你一人。一人睡的雙人床是太大了吧？你重新把我放回你的床上。過了多少年？我終於能再次回到跟你最親密的接觸裡，再次聽到你的呼吸聲，感受到你的溫度、你的擁抱、你的親吻……那久遠的記憶一擁而上，這些你永遠不知道的親密，一直一直在支持我每一個漫長的夜。我最親愛的，你可以告訴我，我們這次就是永不分離了嗎？我再也不能夠離你那麼遠了。

月光輕柔，萬籟俱寂，你緊緊的把我擁在懷裡，你睡著的側臉依然是那麼溫柔。你的心跳慢了，你的呼吸變得微弱了。看著你臉上的皺紋和下垂的眼皮，我赫然發現，這張我看了半生的臉，原來已經滿佈歲月的痕跡。我最親愛的，我沒法和你一起老去，你老了，我卻恍如最初。一想到這裡，我就難過得想哭……

生命，隨白髮老去。那段空白的日子，就讓我們像過去一樣，用盡每一個晚上去補償。就算我不能和你一起老去，至少我能陪著你一起笑著離開。有些關係，從張開眼睛的一刻，就已經注定是一生一世。

二〇一八年一月十四日

麗琪

「下一站金鐘，乘客可以轉乘港島線或南港島線，左邊的車門將會打開……」

星期三晚上七時十五分，我如常下班，擠進車廂內，人潮中伴隨著這十年如一日的地鐵廣播。

也許我說十年如一日不太正確，十年前並沒有南港島線，也沒有海洋公園站。

一切靜悄悄地變了，又好像沒有變一樣，只是沒有人在乎吧。

沒有人在乎的廣播，正如沒有人在乎的我。

我習慣坐在靠玻璃門的位置，靜悄悄地閱讀車廂內一個又一個的人。

身旁花白頭髮的中年人在滑手機看股票，今天港交所收市下跌了不少，但還不是入市的好時機。

穿背心短褲的少女在自拍再修圖，眼睛大了臉尖了，但她清楚重點還是在那從低胸上衣露出來的乳溝之上。

突然一群男孩趕上車廂，傳來一陣汗水的味道。

處於這人群之中，透出一名穿白校裙的少女，我怔著了。

我幾乎是目不轉睛的望著她，正確一點地說，是望著她那雙被火燃燒過的雙腿。

她是早前地鐵縱火案當中的一名主角嗎？

我記得，那是一班由金鐘開往尖沙咀的荃灣線列車。

男人的咆哮、電油的氣味、濃煙下的窒息感、乘客的尖叫聲……一一湧上我的心頭。

我凝視著那幼幼的一雙腿，烙印著火吻過的痕跡。

那些凹凸不平的皺摺，沒條理的向四方拉扯，如一張縐紙，又如一張老人的臉。

我著了魔一樣，離不開那些不規則的皺摺。

我知道我很不道德，竟然在研讀他人的傷痛，甚至是在欣賞。

只因我在那些皺摺中發現了光。

多少人擋在她的面前也好，那光芒是擋不住的。

那就是所謂主角的光芒嗎？

異樣的雙腿讓她再一次成為這個地鐵車廂內的主角，我很想知道，每一個人是否也有一種能成為主角的能耐。

穿白校裙的她會告訴我嗎？

也許是我太著跡，雙腿的主人好像知道了，她下意識地拉了拉她的白校裙。

我只好急忙把視線轉移到剛上車的人潮上。

一名大腹便便的孕婦來到車上，也許是做了虧心事，我旋即站起來，讓出了我的座位。

孕婦坐下，而我卻不知那裡來的勇氣，竟大步的走向她的旁邊。

白校裙傳來柔順劑的味道，她低著頭，及肩的黑短髮擋著了她大部份的臉。在耳朵與髮際之間，隱約藏著白色的耳機電線。

她聽著歌。

我閉起眼，嘗試集中精神傾聽。

只要是一點點節奏也好，但我只能聽到列車行駛的聲音和乘客們的碎碎念。

人潮漸去，慢慢地，終於有一點點微薄的節奏傳進我的耳內。

我一直站在她身旁細心傾聽。

車廂開始空空如也，車廂滿是空的位置。

就只有我倆站著，構成了不合邏輯的畫面。

「坐下來吧。」

我還未來得及反應，只見她掃了一下她的白校裙，身子直直的坐好了。

我再一次回到那個靠著玻璃門的位置。

孕婦不見了，股票大叔不見了，少女少男不見了。

「你一直在望著我。」

她輕柔的聲音劃破了空氣，原來我一早被她看穿了。

「我……」

「我明白的。」

她落落大方，我深深地感到自卑。我無法說話，也無法抬起我的頭。

「要聽嗎？」

她把一邊的耳機除下，送到我面前，我用震顫的手接過。

歌聲在我耳窩中盪漾著，我被徹底地看穿了。

「麗琪。」

她下車前對我說。

車門關上的一刻，她直直的望著我，我知道我在她面前是透明的。

「下一站柴灣，港島線尾站，請所有乘客下車，多謝乘搭港鐵。」
我帶著無比的激動下車，而我早就錯過了回家的站。
我把眼鏡收好，電話放好，鞋子也整齊地放在公事包旁。
被看穿了，我變成了透明的我，感覺真的很輕鬆。

「列車即將到達，請先讓車上乘客落車……」

熟悉的廣播，平靜的月台，一切日常得無人需要在乎。
而我卻遇上了麗琪，她分享了她的歌，她分享了她的光。
沐浴在光芒下的我變成了透明，這是我領受過最大的仁慈。
每個人都有當主角的能耐，一躍而下的一刻，我知道我是閃著光的。

二〇一七年九月一日

麗琪

樓上來的聲音

序

卓天航床頭的跳字鐘黑底紅字的顯示著04：20。

滴、滴、滴、滴、滴、滴

已經一個月了，每晚的凌晨四點二十分，樓上就會傳來一連串滴滴滴滴的聲響，本來已睡得不好的卓天航總是被吵醒。每一次當他忍不住要睜開滿佈紅筋的雙眼，先攝入眼簾的就是那刺眼的紅字04：20。

「再睡一回吧……」

卓天航對自己說，縱然他知道他只能這樣子眼光光到天光。

公司

連續失眠也無阻卓天航每天準時上班。辦公室慘白的光線下更見他臉如死灰，雙眼像黑洞般不見靈魂，本來就已經瘦削的身形更顯單薄，任誰看到他也只能想到一個形容詞：活喪屍。

「每晚凌晨四點二十分從天花板傳來的聲音……其實會不會是你的幻聽？」

說的是杜二少，卓天航公司的合伙人。

「早前公司集資上市，再加上你屋企的事……你實在太辛苦啦！現在穩定下來，不如你休息一下，至少睡一覺好的才能繼續搏鬥吧？」

面容憔悴的卓天航用他的黑洞眼望向杜二少，不帶一絲表情。杜二少是有點被嚇倒了，手腳忙亂地從抽屜裡找來一瓶藥，塞到卓天航手上。

「這個你拿去，這是醫生處方的安眠藥，每次吃一顆就可以。公司我會好好看著的，你放心休息吧！」

杜二少主意已決，卓天航看著自己的精神狀態，心知也沒甚麼好商量的餘地。那就順著杜二少的意思，退出了房間，暫且離開這個燈光慘白的辦公室。

放心休息吧——只有杜二少的公司，才最叫卓天航不放心。

家

提前下班回家浸一個熱水浴，教卓天航放鬆不少。時間才下午五時多，睡意已襲來。卓天航倒了一杯水，把一顆安眠藥送進口裡，隨即蓋被就睡。卓天航真心希望這次能好好的睡一睡。

滴、滴、滴、滴、滴、滴

也許是安眠藥管用，卓天航落入沉穩的睡眠當中，眼皮不時不規則地跳動。

滴、滴、滴、滴、滴、滴

床頭的跳字鐘黑底紅字的顯示著04：20。

滴、滴、滴、滴、滴、滴

卓天航醒了。

卓天航張開眼睛，赫然發現時間正是04：20。他定眼的望著天花板，心中不由得感到事有蹺蹊，也許是時候作個了斷。

滴、滴、滴、滴、滴、滴

樓上傳來的聲音越迫越近。一下一下，清清脆脆。這真的只是幻聽嗎？

「到樓上看看吧……」

從來沒有探險精神的卓天航，恐怕不能再逃避了。

天台

拿起手電筒，卓天航經過防煙門，用最慢的速度走向天台。是的，卓天航住的是三十八層單棟大樓的頂層。他的樓上，就是理應了無一人的天台。樓上來的聲音，會是誰的惡作劇嗎？

天台的門沒有上鎖，卓天航輕力一推，迎來陣陣涼風，風中滲著一點微薄卻又熟悉的味道。

「航仔！」

不該存在的聲音從卓天航的背後傳來，震驚著他全身上下每一個毛孔。卓天航心頭一震，全身彈動不得，只能感受到心跳得快要爆炸了。

「航仔！」

世上只有一個人會這樣稱呼卓天航，而這個人早就已經不在人世了。

卓天航費盡力氣叫自己轉身，眼前的震撼教他不能相信自己的眼睛，驚訝得微張的嘴巴只能吐出唯一的字。

「媽……」

源

「航仔！為甚麼你可以見死不救！為甚麼！」

卓天航母親站在天台邊沿，聲嘶力竭地指控著他。

「媽……我從來沒有想到你會尋死的……」

再次面對母親的指責，卓天航也甚是激動，雙手不由自主地抖顫。

「五百萬，不過是五百萬，你寧願我死也不幫我！」

「五百萬不是小數目！」

「不是小數目，但你只需要變賣你公司的股份就可以！」

卓天航無語。不論是當天還是今天，一說到這個點子上，卓天航都說不出一個字。母親說得沒有錯，手持公司三成股份的他，這點錢絕對有本事拿得出來。

「公司是我多年的心血……我不能放手！我真的不能放手！」

「我是你媽，就只有你這個兒子……」

「就是因為你是我媽……我就一定要替你還債嗎……」

「你自私！」

卓天航一雙赤紅的眼望向母親，眼裡盡是冤屈、無奈與……內疚。

母親沒有被擊倒，再接再厲地訓斥卓天航。

「你又何嘗不是自私？」

卓天航說罷，終究流下男兒淚。母親恨他絕情，他也怨母親狠心。

「我再給你一次機會，你救，還是不救？」

母親苦苦相逼，卓天航卻以沉默作為他的答案。

「你還是打從心裡不願意……」

母親眼裡透出無比絕望，她也只能選擇再一次在兒子的面前一躍而下。

「航仔……我對你真的很失望……」

午夜涼風沒有送爽，卻送來殘酷的遺言。

滴、滴、滴、滴、滴、滴、滴、滴……

母親掛在頸上的長珠串散落一地，發出一連串的聲響，一下一下，清清脆脆。

卓天航呆站在原地，母親早已消失得無影無蹤，只有那連綿不絕的聲音，在他耳邊無間斷地迴盪著。

【04：20】

床上，卓天航冒著冷汗，全身發燙。半夢半醒之間他隨手拿起床邊的水，就把放在床頭的藥一顆一顆地往口裡送。床頭的跳字鐘一閃一閃的在04：20的那一分鐘無聲地定格了。

迷

卓天航的屍體是五天後警方強行入屋才被發現，報警的是杜二少。屍體經法醫鑑定後，判定死因為誤食瑪瑙珠以致窒息死亡，其後警方再證實誤食的瑪瑙珠為卓天航去年跳樓身亡的母親的遺物。現場既無財物損失，亦無打鬥痕跡，警方根據各種證據，最終以自殺案處理作結。

杜二少雖覺得整件事難以置信，卻又未能提供任何線索。公司才剛上市，正是大展鴻圖的時候，卓天航怎會走去自殺？給他的安眠藥不吃，卻吃了一瓶瑪瑙珠？卓天航的死，成為了杜二少心中的一個不解之迷。

迴

公司業績穩步上揚，買下卓天航手上那三成股份的杜二少成為了公司的大股東，身家暴漲。今夜，杜二少在新購入的豪宅過第一晚，他興奮得有點難以入睡。

滴、滴、滴、滴、滴、滴

「是誰在搞事……」

樓上來的聲音，這次又會是誰的惡作劇？

二〇一七年十月十三日

身後事

立於天地間，有著這樣的一條河：河水永恆地黑，水流永恆地平靜，任你放甚麼東西進去，也不能激起一點漣漪。所有放下去的東西，只會永恆地向下沉，一直沉一直沉，直到夠深了，就會沉到去另一個空間。這樣的一條河與天地同在，它的名字叫作奈河。

奈河的主要功能是運送靈魂，每天沉到河內的靈魂成千上萬計，在空間的上空無聲降落，如雨。負責接待靈魂的使者以二人一組，把降落的靈魂分類、引導，再把靈魂分派到不同的部門。

此時紅髮的路西雅團隊接收了一個人類靈魂：亞洲籍女性一名，亡齡二十九歲。

「被老公狂斬二十刀，再抛下樓致死。」說的是白髮的路西卡，同時把手上的資料夾交給路西雅。

「苦魂。」路西雅接過資料夾，在靈魂分類一欄上寫下二字。

被分類為苦魂的人類靈魂慢慢張開眼，她就如初生嬰兒一樣，眼神內透著惶恐與迷失。是的，奈河擁有巨大的清理能力，經過奈河洗禮的靈魂都會還原到降世前的純淨，生前的總總，通通被洗掉得不染一點塵。

路西雅把左手揚起，放到苦魂的臉上，手心隨即發出金光。苦魂在金光洗滌下，神情漸變得輕鬆，眼神慢慢集中起來，生前的記憶回來了。

苦魂一回復意識，說的就是這句：「為甚麼你可以這樣對我……」繼而雙手掩臉，激動痛哭。

路西雅與路西卡沉默地站著，任由苦魂放聲大哭。苦魂哭得要多淒慘有多淒慘，心裡實在有太多的苦、太多的不明白、太多的遺憾、太多還未流下來的淚。

「你可以一直哭，但請聽我一說。」

苦魂繼續飲泣，路西雅開始引導靈魂的程序。

「你一生中遇到的種種際遇，其實都是你過去或當下的所作所為而來的結果。」

「一個人的命運，都是由自身過去的業所造成的。」

苦魂挪開雙手，露出一雙淚眼，疑惑地望著眼前一紅一白髮，卻有著相同模樣的二人。

「你要不要看看你和你老公的前世？」

苦魂未懂得回應，路西雅右手已釋放出金光，在漫天的金光中浮現出某一個前世的畫面：

大約是十七世紀，在歐洲某個小國，正值戰火連天，盜賊橫行無忌。賊幫四出搶劫，貪得無厭，金銀珠寶女人糧食他們能搶就搶，人要殺就殺。一天他們來到某貴族城堡，賊老大垂涎女貴族美色，但女貴族卻寧死不屈。賊幫脅持女貴族兒子迫她就範，他們把她兒子的手指在她面前一根一根的斬下來，再拿去餵狗，女貴族於心不忍，假意獻身時拔出預先收好的小刀，一刀先殺了兒子，再自殺身亡。賊老大感受辱，一把火把貴族城堡整個燒掉。

路西雅把金光收起，畫面就在熊熊大火中消失。苦魂望著路西雅和路西卡，完全茫然不知所措。

「你能感應到這一世中，你和你今世的老公是配對哪個角色嗎？」

「我是那個女貴族嗎……」

「不，你老公是那個女貴族，你是那個賊老大。」

「我虐待小孩……殺人放火……怎麼可能……怎麼可能……」

苦魂瞪目咋舌，完全不能相信。

路西雅與路西卡完全明白苦魂的不能理解，兩位使者開始向苦魂作深入解釋。

「首先，你要理解何謂業。」

「業，是指由活動所產生出來的影響力或力量，所以也可稱為業力。」

「活動除了指行動外，還包括語言說話以及思想。」

「每當我們起了一個想法、說了一句話或者做了一個動作，不會是沒有結果或後果的，總會產生某種力量或影響力。」

「這種力量或影響力會潛存於我們自己的心識之中，驅使我們產生新的活動。」

「新的活動出現，新的業力又會產生。」

「過去所形成的業力是不會消失的，業力一世又一世的帶動著，決定著我們下一世的際遇。」

苦魂聽著聽著，試著理解前世今生與業力的關係。

「因為我做了殺人的業……所以產生了被殺的業……」

「聰明！過去的業因，形成了業力，得出果報。」

苦魂用心聆聽，路西雅與路西卡很欣慰。路西雅在資料夾的靈魂特質一欄寫上專心和理解能力高。但苦魂卻又開始哭起來。

「為甚麼一定要在這一世承受果報……我這世從來沒做甚麼壞事……我不過是

說要離婚……」

「因緣果報，是重要的法則。剛好今世因緣成熟，就成就你必需承受的果報。」

「業力的力量可延續到千百世，我們再看看另一個前世吧。」

這次的金光由路西卡的右手泛起，金光展示了這個片段：

明朝末年，有著一名醫術高明的男醫師，男醫師終生不收金銀財寶，只收蔬果稻米等糧食為窮人治病，一直備受村民愛戴。城中富人聞得醫師能醫百病，帶著病重的女兒求醫，醫師用盡方法卻未見成效，富人女兒最終病逝，富人卻怪罪於醫師，命人於水中落毒，醫師中毒身亡。醫師身亡後，所有受過恩惠的村民傾盡家財，為醫師買來最好的棺木下葬。

「這一世你是男醫師，你老公則是富人。」

「雖然這一世的你也死於非命，但救人無數的男醫師積累了很多好因緣，好業力。」

「受惠於你的村民，已經成為了你每一個來世的朋友和親人，在你身旁守護你。」

「之前已說過，業力是不會消失的，好的業力也會帶到每一個來世。」

又一個好人無好報的前世……一時間苦魂又怎能消化得來？所以只好繼續哭。

路西雅與路西卡繼續以溫柔而穩重的聲線說下去，使者的責任就是要引導靈魂，解放靈魂。

「能夠不受宿業驅使，靠後天努力產生好業力，足以證明你的靈魂是有能力向上的。」

「好像你這一世孝順父母、努力勤奮、注重健康、以禮待人，這些也會構成好業力。」

好業力壞業力，要了解的實在太多，苦魂一邊理解一邊以淚洗臉。

路西雅與路西卡沒有一絲的不耐煩，二人默默的讓苦魂流盡千行萬行淚。

「我的命，由前世我所造成，由後世我去承受。業因業力業果，我想我能初步理解。」

苦魂的眼淚終於流盡，繼而吐出她對業的見解。苦魂低頭凝望雙手，眼下這對不染塵的雙手，究竟做過多少錯事，又做過多少好事？甚麼因種甚麼果，苦魂是明白的。

「理解很正確，你的靈魂非常有潛質。」

「明白了法則，就能提升生命。」

「每一個來世，都是修煉成長的機會。」

「靈魂渴求進步，最終就能超脫。」

苦魂澄明了，不應執著於前世，也不該沉溺於生前。一切寄望於來世吧。

「我想知道……下一世會再遇上他嗎……」

路西雅與路西卡先相互對望，再一同望向苦魂，同聲說出一句：

「因緣業力帶動命運，一切自有安排。」

「一切自有安排……」苦魂反覆念著，若有所思。

路西雅再在資料夾寫下一行字，隨即合上交給路西卡。

「若你準備好，我們就可以送你去進行下一個程序。」

「我要轉世了嗎？」

「別急。靈魂是需要準備的。」

「我們這裡只是一個關卡，目的是將靈魂分門別類，再讓靈魂進入最適當的淨化或提升程序。」

苦魂聽得明白，點頭示好，腳下隨即出現一條金光之路。苦魂試著走，每走一步都留下一個淺淺的金色腳印，一步又一步，那金腳印又隨即消失。苦魂在金光之路上越走越遠。

「一路好走。」

「她聽不到你的了，她只能聽到來引導她的來世歌。」

「我一直也很好奇來世歌究竟是怎樣的。」

「當你有來世的時候，你就能聽到。」

「但我們已經沒有來世了。」

路西雅與路西卡的討論就此為止，只因奈河又降落了一個新的人類靈魂。資料夾顯示：亞洲籍男性一名，亡齡三十歲。狂斬妻子拋下樓，再跳樓身亡。

路西卡接過資料夾，是時候開始新的工作了。

二〇一七年九月二十九日

出國記

妹妹明天出國了，如果她能好好的完成課程，這樣一去就是三年。

妹妹不是沒有出國經驗，但這次老爸明顯緊張得多。回想起這一個月來，他每晚總是架著老花鏡，靠著來自電視機那微弱的光線，拿著細細的針歪著頭在黑暗裡縫縫補補。

被我發現他深夜趕工的某天隔日，我就買了一盞檯燈回來，放到老爸面前。

「這個看似很高檔的……家姐你買這個貴嗎？」

「弄壞眼看醫生更貴！我先睡啦，你也不要弄到那麼晚了。」

「好啦好啦，我一回就好。」

回到房間裡，雨衣、化妝品、相機、證書……滿地都是妹妹的東西。這個爛攤子已經持續了一段日子，我都習慣了。正當我回到我的床上打算好好休息之際，卻有甚麼異物藏在我的被窩下。

「都叫你不要亂放東西在我的床上……」

我邊說邊把那不明的異物從被窩裡抽出來，一看之外，原來是一盒全新的防敏感金膏。

「噢！我忘了跟你說，老爸說看到你的金膏快用完了，所以給你買了新的，他叫我給你的啦！」

「那你就不能好好的放在我的檯頭……」

「弊了！我的玫瑰眼藥水在那？那是日本特別版……香港買不到的……在哪在哪……」

妹妹焦急地在她自製的爛攤子裡找她的特別版眼藥水，都沒有聽我這個家姐在說甚麼了。看到這一地亂七八糟的東西，老爸擔心也是正常的。

妹妹坐的是明早六時二十分的航機，老爸說寧早莫遲，我們這夜凌晨四時未到就已經到達機場了。正值開學的季節，凌晨的機場一點也不冷清，放眼都是一家大小，一眼就能看到是送子女出國升學的組合。我和妹妹半開著一雙眼坐在一旁，老爸推著妹妹的大行李大背包，在排隊等候辦理登機手續。

「家姐、妹頭！到我們了，來來來！」

辦理好登機手續差不多是凌晨五時半，我們一家都開始不停在打呵欠，我還是買點咖啡回來給大家提提神吧。我拿著兩杯咖啡回來，一杯分給老爸，一杯自己留著。看著妹妹一臉難以置信的表情，睜著大眼睛望著我，我就暗爽了。

「你不用提神的啦！你有十多個小時在機上慢慢睡，我和老爸一回離開機場還要工作！」

我誇張著滋味的表情喝了一口熱呼呼的咖啡，逗著妹妹說。她裝著一副可憐相，卻又沒說話反駁。

「妹頭你飲我這杯，拿著，小心熱！」

妹妹掛著勝利的表情接過咖啡。

「還是老爸最最最好！」

老爸就是這樣子，把我和妹妹的每項需求放上心頭，自己的所需放到最後。擾攘嚷嚷的，時候竟也差不多了。我們步向離境大堂，妹妹一路上邊行邊在翻她的褲袋，好像在找甚麼似的。

「你不是不見了身分證吧？」

「不是啦！只是不知情是褲袋還是褲頭，好像有些東西似的頂著我，感覺不太舒服……但褲袋卻甚麼也沒有！可能是褲管內？我現在找不到不妥的地方在哪……」

「那你待回有時間再檢查一下吧！可能是你的眼藥水掉了進去！」

「怎麼可能！」

終於到了離境大堂前，我們的送行要在這裡止步了。妹妹把咖啡一飲而盡，老爸把大背包交給妹妹，分咐妹妹萬事要小心。

「好好照顧自己，到了就打個電話報平安，小心為上，知道嗎？」

「專心讀書，但要記得找個金髮美男子回來給我！」

「我會先留給我自己，我不喜歡的才給你！」

臨別的我們依舊笑說著不設實際的話，沒有戲劇性的擁抱，也沒有流露太多的不捨。

「走了！三年後見！」

妹妹和我們揮手道別就轉身混入人群之中，這樣就分別了。在回程的路上，老爸駕著車，而我看著窗外的風景，緩緩睡去了。

過了大約一星期的晚上，我收到妹妹的短訊，說甚麼發現了驚天大秘密，之後就傳來了好幾張照片。環境是她的宿舍，穿過的衣服一件件的散落在床上和書桌上。

「我終於知道藏在我褲袋內的東西是甚麼了！」

「原來是老爸！他偷偷地在我每一條褲的內則縫了一個暗袋！是每一條！」

「但老爸的手工真的太差啦……線頭或是那個小袋子不是頂著不舒服就是歪歪

斜斜的，」

「我拍了特寫給你，看到嗎？你看……有些小袋子連硬幣也放不下！哈哈……」

我看著妹妹傳來的一張張大特寫，雖然深知道這都是老爸這一個月內的心血製成品，還真是叫人忍俊不禁。

「你還是跟老爸說句感謝吧，他花了很多晚時間的啦！」

「跟他說了！我找來他縫得最好的那一條褲來拍照，老爸不知多高興！」

妹妹把發給爸爸的相片發給我看，相中的她把褲子反穿起來，露出了老爸縫製的小袋子，袋子內沒有放錢，就放了一張小卡片，寫著「我的老爸最最最好！」再加上自己豎起的大拇指。

妹妹就是這麼多鬼主意，總是哄得老爸開開心心的。

某夜回家，我又看見老爸在縫縫補補，走近一看，是我新買回來的牛仔褲。

「我看我還是有點天份的！你看，是不是好多了？拿回去穿吧，都洗淨了的啦！」

老爸沾沾自喜地說著。

我盡量的目無表情，冷靜地接過我的牛仔褲返回自己的房間，再仔細地端詳我那時款的破洞牛仔褲，由老爸用不同的牛仔藍布，左拼右湊的，補成一條完好的牛仔褲。

不知道妹妹看到此景象會有甚麼反應？我拍下了牛仔褲的照片，傳送給她。妹妹即時就給我回覆了，她先是發給我一連串哭笑不得的表情符號，再補上一段錄音訊息來表達她最真實的感受。

「……哈哈……家姐，我看老爸是縫上癮了，你還是收好你的穿窿衫穿窿褲比較好！哈……」

錄音的結尾又是一連串的笑聲。我也再按捺不住，拿著我那條新購入卻也再不流行的牛仔褲，在房間內大笑起來。

每個人都有自己表達愛的風格，也許老爸的風格，就是這麼粗心而又真心吧。

二〇一七年九月二十二日

留給最愛的說話

電話撥通的聲音一直響，最後終於接駁到留言信箱。

「當你聽到這句說話的時候，就證明我已經不在……電話旁邊，哈！有話要說請留言！」

冰冷的電話裡頭傳來妳那熟悉又調皮的聲音，每一個話音都教我心頭發酸，而我總得花掉三五秒時間才能冷靜下來，好好的說：

很久不見了，還好嗎？入秋了，這幾天風和日麗，是去下白泥看夕陽的好時機，說好了要和妳去那裡拍一輯老土的沙龍照。我把塵封多年的相機都拿出來了，菲林都已經安裝好。原來從妳家坐巴士到下白泥，也不過是一小時多的車程。妳可以回來我身邊一小時嗎？不，一節課的時間就好。

那年九月，新學年剛開始，妳還記得那一節死氣沉沉的中文課嗎？我興高采烈地跟大家解說漢字的結構，我說透過字的結構可以看懂它意思，「糸言糸」解作亂中有序，加上心，就是戀。心裡互相愛慕的二人坐下來談心，就是戀的意思。

我昂然地站在講台上，期待著學生們嘖嘖稱奇的反應，怎料課室中卻一片死寂，我獨個兒被一雙雙鬱悶、散漫甚至是鄙視的眼神包圍著，無路可逃。我張目四望奢望，猶如海難的生還者在巨浪中渴求著奇蹟，然後我看到妳。

妳靜靜地坐在陽光灑落的角落與我四目交投，靜謐的一刻，周遭的死氣如灰煙散去，妳嫣然一笑，傳來妳內心的呼喚。是妳，在無形的巨浪中拯救了我。

直到今天，我還會想起妳那天的笑容。我翻遍了我們的每張合照，妄想照片中的笑容能再一次傳來妳溫柔的呼喚、妳偏高的體溫、妳獨有的香氣，甚至是妳還存在的證據……妄想那一天，妳沒有跳下去。

新聞片段中，妳成為了那一年第十四名自殺學童，畫面的右上角播放著妳的生活照，照片中的妳掛著淘氣十足的笑容，我不想承認，也只能承認那個就是妳。然後妳不知道的了，第十五名、十六名自殺學童接踵而來，他們就再沒有播放當事人的生活照。

九月，新學年再度展開，我渾渾噩噩地站在講台上，為分組活動點名。我拿起座位表讀出表上一個又一個的名字，同學依次報到，一唱一和，錯落有致。忽然同學們都沒有反應，當我回過神來才發現座位表沒有更新，我大聲地讀出了一個死人的名字。

我抬頭望向那個依舊有陽光灑落的角落，不禁想起崔護的〈題都城南莊〉。人面不知何處去，再沒有人能在這巨浪中拯救得了我。我轉身面向黑板，試圖掩藏我發紅的鼻頭和雙眼。我裝作若無其事地開始解說漢字的結構，當再一次說到「戀」字的時候，我真的無法掩飾了。豆大的眼淚奪眶而出，身體不由自主地抽搐起來，我在講台上哭得像小孩一樣。

那天之後，我辭職了。

夕陽下的下白泥特別寧靜，我嘗試舉起相機拍下我們約定的照片。躲在鏡頭後的我卻赫然發現，在這個沒有妳的下白泥，我根本找不到焦點。

「請注意，留言最後十五秒鐘。」

我問了妳媽，今天是妳這個電話號碼服務的最後一天。我給妳的留言，妳有好好的聽嗎？當天是妳的笑容拯救了我，然而我卻沒有能力解讀笑容背後的陰霾。對不起，是我不懂得去拯救妳。

「留言信箱已滿，電話將會被掛斷。」

「嘟……」

時至今日，我依然保留著妳的電話號碼。但願有一天，妳能回來告訴我，為甚麼我們沒有好好說再見。

二〇一七年十月二十六日

失蹤後樂園

「報告探長，所有供詞都整理好了。」

「好的，感謝。」

華特探長接過沉甸甸的檔案，他萬萬想不到這單失蹤兒童案件比他想像中離奇得多。

清潔員莫里可的供詞

是的，艾美是我發現的。我便和每天一樣，準時到達我負責的場區進行清潔。突然便看到一個紅髮的小女孩躺在草地上。在哪裡？我負責的是幻想世界，她就在那個待維修的小熊維尼歷險之旅的草地上。因為維修的關係，附近都圍上了工程進行中的圍欄，基本上沒有遊客會走到那裡。

我走近小女孩，她穿深紫色的連身裙，裙上印著精緻的彩色蝴蝶圖案，側躺在地上。紅髮順蓋在她的臉上，可以看到她嘴角帶笑，好像在做著好夢。我輕輕的拍了她一下，她便拍著長長的睫毛醒過來了。那時候我還沒有想到她便是那個失蹤多日的女童艾美。為什麼？因為她看起來裙子乾淨如新，精神也很好。我問她為什麼在這裡睡，她張著圓圓的眼睛告訴我她想要打電話給她的父母，請我幫忙帶路。你說這是一個失蹤多日的十歲女孩會有的情況嗎？

我拖著她走到職員辦公室，因為那裡有電話。我沿路問她有沒有甚麼需要，她都說她這幾天過得很好，我這便沒有再深究。我只想把她帶去打電話，就回去開始我這一天的工作，已經耽誤很多時間了。甚麼？你說我是不是不會每天去那塊草地打掃？你是在說我會偷懶嗎？我跟你說，我在樂園做了十年，你可以問問我上司或同事，問他們我是一個怎樣的員工怎樣的下屬！你這是懷疑我的人格！太可惡！

總之，我發現艾美的過程就是這樣了！

辦公室職員美絲的供詞

我在遠處看到莫里可拖著一個紅髮的小女孩，那時候我就覺得她好眼熟。對了！那條彩色蝴蝶圖案的連身裙子！不就是跟新聞報導中說的那個失蹤女孩艾美穿著的一樣嗎？

莫里可把女孩帶到我跟前，跟我說女孩想借電話打給她的父母，請我幫忙一下，就把女孩交給我，自己回去工作了。女孩坐下來，她說她是艾美，艾美・莫克倫。果然就是她。當我還有點手足無措的時候，艾美卻一臉輕鬆。艾美說，她是從後樂園回來的。我聽不明白，我問她哪裡是後樂園？她說就在小小世界裡頭。艾美再娓娓道出後樂園的情況，她說裡頭就是另一個主題樂園，但是那裡只有孩童沒有大人，因為前往後樂園的入口很小，成年人不足以穿過。她說她認識了傑森和約克，更成了好朋友，一起度過了很多快樂的時光。艾美說到這裡突然變得很傷心，她說「但只有我可以回來了。」

傻孩子，我心裡難過，她一定是經歷了一些不愉快的事，嚇得語無倫次了。我也不知道該說甚麼好，就給艾美買來了三文治和橙汁，看著她狼吞虎嚥的，真是可憐！

艾美母親露西雅的供詞

當天我們一家去樂園慶祝的。離家出走？警察先生，請你弄清楚，艾美不是離家出走，她是失蹤！她的期中試考得好成績，還有，成功進入鋼琴比賽的決賽。唉，可惜如今已經錯過了。警察先生，我想說的是，艾美絕對不是離家出走。

對了，我們當時就在等待玩那個太空飛碟。我和艾美都在人龍中，米高（艾美父親）去了買飲料，而我正上前跟職員確認快證是不是也在這裡等。就在那短短的一刻，艾美不見了。之後——剛開始我想艾美可能是被人群擋住了，或是剛巧米高回來把她接走，所以我選擇先留在原地。但當我看到米高拿著果汁走近時——艾美不在他的身邊！我就意識到有點不對勁了。我和米高分頭行動，他先去失散處跑一趟，我就由附近的地方開始找。我邊叫邊走的，竟然沒有問到任何一個人見過艾美。此時，樂園傳來尋找艾美的廣播——那就證明艾美不在失散處。我開始焦急了。

不，我不知道，也不記得那個職員的名字。甚麼目擊證人？我的女兒不見了，那個時候你認為我會再上前去確認一下那個職員的名字，好讓我現在有目擊證人嗎？荒謬，實在太荒謬！

（露西雅拒絕繼續接受警員里奧的問話，里奧被調出，警員柏特尼補上。）

然後，樂園提供了由三名員工組成的小隊幫忙尋找艾美，但根本一點作用也沒有。他們只是跟我和米高一樣，沒方向、沒組織的亂走亂叫！而且，這是不是太不像話？一個佔地三十五公頃的樂園，卻只派三名員工？這根本就是欺人太甚！你們都清楚黃金搜救四十八小時吧？艾美的任何損失，樂園一定要負上最大的責任！

甚麼？你有甚麼理由懷疑我女兒有精神病？如果她說了甚麼奇怪的話，也一定是太累和受驚所導致。我們家族沒有精神病紀錄，我也可以肯定我女兒沒有精神病。說到這裡，我也很想知道，為什麼你們警方可以在醫院就向我女兒提問，之後更直接把她帶回警察局接受問話？你們認為這是一個失蹤了五天的十歲女孩可以應付的事？如果艾美說了任何不合理的話，也全因為你們不合理之故！

等等——離婚？這是兩碼子的事。我看不到我和我先生的問題跟艾美失蹤有關。更可況，這是我們家的私事。警察先生，你這個懷疑毫無道理——艾美的失蹤，跟「我們家的私事」沒有關係。

失蹤女童艾美的供詞之一

我是艾美，我說的一切都千真萬確，但你們就是不會相信。你們只會當作是我的惡作劇，好讓我免得被大家責罵。如果我從頭說起，你們會聽嗎？

後樂園的入口，就在小小世界內，隱藏在河流的轉角處。那道發光的黃色大門，只夠像我這樣高度的小孩穿過。如果你看到大門的光，就代表後樂園歡迎你，並不是每個小朋友都受邀請的。

跨過了那道門，傑森和約克就在迎接著我。穿橫紋衫牛仔褲的傑森和我一樣是十歲，他總是一副嬉皮笑臉的樣子。而個子胖胖，頂著圓形金絲眼鏡的約克比我小兩歲，看起來有點憂鬱。

他們帶我參觀後樂園——這裡根本就是最美好的一個新天地！我們可以隨手找來一把爆米花，糖果、汽水如流水般源源不絕。紅色的氫汽球在飛舞，傑森弄的小魔術讓我們笑破肚皮。

日落西山，我坐在旋轉木馬內上上下下，放眼望過去的咖啡杯傳來焦糖的香味，原來他們在烤棉花糖！我們在咖啡杯享受著烤棉花糖的滋味，傑森告訴我是時候帶我去一個有趣的地方。

我們來到了睡公主城堡的營火晚會，傑森說，今天是慶祝另一個女孩可可正式加入後樂園。他說，如果我想留在後樂園的話，也可以提出申請。提出申請後有五天的時間考慮，過了五天不打算離開的，就可以一直留在這裡了。

還是有點憂鬱約克提醒我，決定了之後，就不能回去了。我問約克，不能回去的意思是甚麼？約克說「不能再回家，再見不到爸爸媽媽，也不能和皮皮玩了。皮皮是我的狗，我還很想念他。」約克再說，「但這裡有大家，每天都過得很高興的！」

約克拉著我走到營火前跟大家一起跳舞，傑森和可可轉了一個又一個圈，大家在充滿朱古力香氣的歡笑聲中樂而忘返。

幾天以來我結交了不少新朋友，而大家能進後樂園都因為不同的緣故。可可是因為想離開酗酒的父親，娜娜是因為不想每天不停讀書只為滿足媽媽想要她入名校的欲望。約克不想面對父母離婚的事實，傑森說他不過想過自己想要的生活。

大家都想逃避現實中的一些事情來到了後樂園，我當然能為我能逃過鋼琴比賽感到高興。但我是不是要留下來呢？五天的時間，慢慢地過去了。

最後一天的黃昏，我又坐上了我最喜歡的旋轉木馬，傑森和約克說這次給我帶來了大熱狗，我們一邊吃一邊在旋轉木馬上上下下的看著後樂園的夕陽，這實在是我最喜歡的風景。傑森和約克說，無論我決定怎樣也好，我們都會是一輩子的好朋友。

雖然我離開了後樂園，但我會永遠懷念那裡的所有人和風景，傑森和約克會是我一輩子的好朋友。

「艾美，你確定這就是你想說的？」

艾美沉默了好一段時間，再提供了以下的供詞二。

失蹤女童艾美供詞之二

好吧，探長先生，這是你想要的真相。

我之前說的，都是一派胡言，都是我編造出來的。我只是太希望把難得的假期和家庭活動延長，所以才偷偷躲起來。甚麼後樂園、甚麼傑森和約克，就請探長你通通都忘了吧。我只是一個一時貪玩的小女孩，渴望得到爸爸媽媽的關心。我知錯了，現在真心請求得到大家的原諒。

華特探長看著艾美最後的供詞，絕對夠他把案子處理好了。但他腦中傳來一把揮之不去的聲音，多年的查案經驗告訴他好像錯過了甚麼。

他把手上的供詞、資料翻來覆去，最終發黃的報紙刺激了探長的視線。

「十歲男童傑森於樂園失蹤，大規模搜救仍未見成果。」

——一九八六年一月二十日

「八歲男童約克和家人到樂園遊玩後失蹤，父母哭斷腸。」

——一九八八年三月十一日

「傑森搜救行動宣佈失敗，男孩生死未明。」

——一九八六年三月二十八日

「**小小世界持續機件故障，樂園稱程式出錯，無限制停止對外開放。**」

——一九八九年八月九日

「**小小世界重新投入服務，引入灰熊山谷，奇妙列車，包你樂而忘返！**」

——二〇〇一年七月二十一日

年代久遠的報紙上印上了男孩們的照片——就如艾美所說，「穿橫紋衫牛仔褲的傑森總是一副嬉皮笑臉的樣子。個子胖胖，頂著圓形金絲眼鏡的約克卻有點憂鬱。」

華特探長看著手上的報紙，煙斗燒了一個又一個，尼古丁內根本找不到答案。

「是時候找最重要的證人了。」

華特探長把檔案整理了新的一頁——「最後的供詞：傑森和約克」，繼而把報紙塞進他的長外套內，點起他的煙斗，向小小世界出發。

二〇一九年三月二十一日

玻璃心

那是一間我每天上班必經的夜冷店，但上班的時候它還未到營業的時間，所以大多時間我也只能在門外窺探。

偶爾一天轉了夜更，夜冷店營業了，它的大門終於在我眼前打開。我微笑，步進入內，耳邊傳來走了調的電子鈴聲，就是那種最古老的「so far me do do me so」。

夜冷店傳來微弱的冷氣，相對外頭悶熱的天氣已經是天堂。左中右三排大大的層架，中間吊了水晶燈、電風扇、掛畫。我由左手面開始逛，有相紙、安全套、放大鏡、files、座檯燈、某小學的書簿、名牌手帶、二十四吋電視機等等，這個區名為「文儀用品」（為什麼安全套也放在此區我就不得而知了）。

之後，在原稿紙和放大鏡之間我遇上它。

它晶瑩剔透，完美的切割折射著迷人的光芒，它看似脆弱，卻又擁有一定的份量——多麼美麗的一個玻璃心。我迫不及待伸手去觸摸它……

「住手！不要隨便碰我！」玻璃心說。

呀，透光的玻璃心包藏了傲氣。

「我就是高傲得起！」

還自命不凡。

「好吧，親愛的玻璃心，我要怎樣做才可以接近你的美麗？」我卑微的說。

玻璃心高貴地反射著白光管廉價的光，沉默了半晌才說話。

「你好好聽著。」

我洗耳恭聽。

「我脆弱，卻沉重。不要看輕我給你的份量，你的心要承受得起！」

我點頭。

「我需要百分百的保護，如果你讓我受了傷，永遠都好不了。我的傷口，也有可能使你流血不止。」

我明白。

「我需要被放於掌心，你的視線要放在我身上，我要你的溺愛。如果你把我投閒置散，我就會封塵，從此不會再閃耀。」

我了解。

「我的心思千變萬化，你有本事就看得透，若你靠猜測的也不能猜錯！」

我嘆氣。

「怎樣？怕了嗎？」

「玻璃心，玻璃心，請聽我說。」

我清一清喉嚨，怕我說得不夠動聽。

「我知道你的脆弱，我明白你的沉重，我願意承擔你的所有重量。我不怕受傷，只求能守護你的完美。你不用怕被遺忘，我可以為你忘記這個世界。從此，我的眼裡只有你。這個世界，就讓我透過你去重新審視。我會努力的看透你的心思，如果我愚蠢得看不透，我寧可放棄自己，變成你。」

玻璃心，你會接受我嗎？

「你會願意為我付出那麼多？」

「因為我明白，我的付出，會得到一顆真心。」

玻璃心無言，反映著無比美麗動人的白光，看得我心很痛。

「有多愛，就有多痛。玻璃心，我的心已經為你在痛了。」

眼前玻璃心縱然是透明的，站在面前我卻看不透。時間沒有靜止，但我的心完全靜止了。流汗的人和灑了香水的人在我身旁穿梭，我的身沒有動。

我堅定地再次伸出我的手。

玻璃心就在我的掌心之上。

那僅僅的肌膚之親，脆弱、沉重、敏感、細膩……我都一一感受到了。
我的心，再次跳動起來。
為了你，我親愛的玻璃心。

二〇一〇年八月十三日

後記：我們常常跌入圈套，在感情裡常常都計較付出的多與少，卻忘記了自己當初的付出，和以後一直的付出，是為了一顆真心。無價的真心，需要去計算利害得失嗎？
請不要讓你的心封塵，讓它再發揮出最透白無暇的光芒吧。

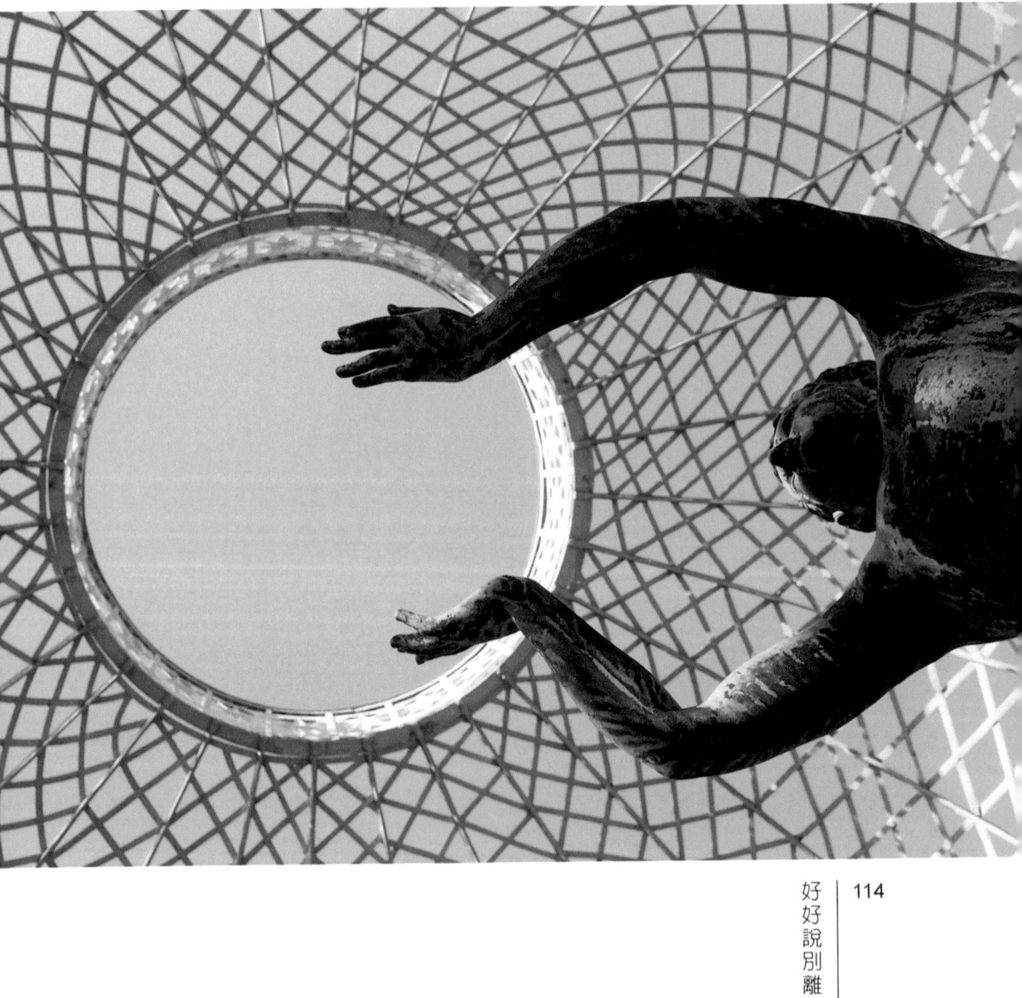

維也納
遇上一九〇七的夢中情人

喜歡 Gustav Klimt 是十多年前的事。

初中的那個青春歲月，我最愛跟友人躲進圖書館看書過日子，那些厚厚的美術書就是我的最愛。那時候我算不上是一個熱愛藝術的少女，但後來成為一個比較喜歡藝術的少女，卻是那個時候開始的。我去看那些美術書，原因其實和藝術一點關係也沒有。最大的原因，是因為那些美術書往往沒有得到很多人的青睞，所以永遠潔淨如新，拿上手的感覺就像書店的書一樣，有一種新書的氣味，我愛這種新淨的觸感。就是因為這個無關痛癢又帶點好笑的原因，期末考試前的一個下午，我由一頁書翻到另一頁書的那個時刻，就這麼被一個金光閃閃的畫面攝住了。

怎樣去形容那種金光閃閃？由書紙傳來的金光，是活的。就像把一片黃金放在陽光底下，光滑的表面反射出最耀眼的光，甚至我還好像感受到光的溫度，微熱，潮濕。活生生的金光內藏著一個看不到臉的男孩，他溫柔而堅定地托著女孩的臉，給了女孩最深情的一吻，陶醉在愛情中的女孩就在繁花綠草與漫天金光下溶化。那震撼，使我閃出了淚光。

這畫作叫作《吻》（Der Kuss），在一個毫不特別的下午，我遇上了夢中情人。

最後能前往奧地利是二〇一三年的事，在前往維也納的火車上，窗外的景物快速閃過，而我都在回想我與Der Kuss的往事。自從那個夏天起，我開始為閃著金光的夢中情人著迷，為了加深我對畫中人的認識，我決定著手了解更多。首先當然是作畫的奧地利藝術家Gustav Klimt，Der Kuss正是他黃金時期的佳作。之後就是認識他的畫派「維也納分離派」，再之後就是影響整個二十世紀歐洲藝術界的新藝術運動。原來金光閃閃是來自真正的金箔，原來男孩和女孩身上的幾何圖形都充滿了性的意味，原來Der Kuss曾經一度被抨擊為色情與墮落的證明……愛一個人是不是就是這樣？我不單能全盤接受有關它的美與壞，讚美與批評，當我一日比一日了解這位遠在維也納的夢中情人，但覺未曾相見卻已經愛得很深。

車外的景色秒速淡去之際，我對那段遙遠的美術史卻依然記憶猶新。維也納在歐洲藝術發展上是一個重要的發源地，這是一個被藝術氣息包圍的美麗城市，滿街滿巷都是不同藝術風格的建築物。留在維也納差不多十天的時間，我沒有第一時間就前往夢中情人的所在地，如果這十多年算是一種等待，那現在實實在在的踏進了這個地方，真的沒有甚麼好心急的。我選擇去了解這個城市的方法，也和當年一樣，就是去訪尋Gustav Klimt遍佈在這個地方的藝術足跡。

中秋時節，維也納的天空終於放晴，我踏上前往美景宮美術館的路。難得的好天氣把美景宮映照得如畫般美麗，我從來沒有想像過夢中情人的家是怎麼樣的，但當下就有一種「就是這樣子」的感覺，眼前的美景宮真的是最適合當夢中情人的家。美景宮的門票，用的正是Der Kuss的肖像，這張肖像我已經看過一千遍一萬遍。握在手上的門票輕微地顫抖著，我的心情是不一樣的了。和夢中情人見面是怎麼的心情？我會說是期待、緊張、興奮，卻同時憂傷。時空停止，我一直耐心地等待的夢中情人，穿過這道門，就在這漆黑的房間內。初相見的金光彷彿在呼喚著我，那金光的溫度在我的心頭上緩緩攀升，閃著金光的這位……妳，好嗎？

仰慕與被仰慕之間，需要的是一個距離。我站在一個不遠不近的距離，凝視著妳。眼前的人來回走過，我卻沒有再多走一步。當期待不再期待，緊張和興奮終究會消失，剩下的就是無名的失落，最終轉化成憂傷。離開那個漆黑的房間，原來剛下了一場雨，再次放晴的天空出現了一道彩虹，而我的眼角閃出了淚。

十多年前後的的衝擊，一一停泊在我的心。也許好多年，我都不會再回到維也納，而我知道妳一直都會在。再見我的夢中情人，妳是永遠留在我心上的餘韻。

離開美景宮美術館的路上，我想起圖書館的那本美術書。Gustav Klimt 說過：「如果你無法以行動及藝術取悅每個人，那就取悅少數人。」不知過了這些年，有多少個人看過它，當中的藝術又取悅了多少人？我不知道，那是不可能知道的事。

藝術是一種感應，孤獨而美麗的存在於世界上，當有一天所有人都不再欣賞藝術的美，它絕對可以消失歸零。我衷心的祝願那本厚厚的美術書，能繼續觸動人心。

二〇一五年四月二十八日

鹿特丹
那破碎了的星星

這是一個關於星星燈的故事，也是一個愛情故事，也是一個新開始。

那年我們一起讀電影，在放映室一起看《春光乍洩》，何寶榮和黎耀輝的故事，成為了我們的愛情經典。床頭的那一盞阿根廷大瀑布檯燈，成為了我心中絕頂的浪漫。有些人，有些事，放下了卻留有餘地。有些情，有些悔，不纏繞卻上心。我床前亦曾有過一盞燈，一盞代表願望的星星燈，星星沒有掉下來，燈卻碎了。

黃昏，我在阿姆斯特丹喝著咖啡，她坐在我身旁喝著檸檬汽水，呼吸著大麻的味道。二人聊起來，她說：「我來自鹿特丹。」問她為什麼來阿姆斯特丹，她舉起手中大麻煙說：“Amsterdam has it, Rotterdam doesn't need it.”往後的對話內容變得模糊，我只記得她不時用打火機重新點起已熄滅的大麻煙，那味道縈繞著我的心神，那火光一亮一滅，就像《小王子》中那個不斷點燈和熄滅燈的點燈人。

「不如我哋由頭嚟過。」從阿姆斯特丹開往鹿特丹的火車上，我想起何寶榮，也想起了黃耀明的歌和哥哥的獨白。這份重新開始的盼望伴隨著我，向著一個未知的城市進發。點燈人的火光仍在我的腦海內忽明忽滅，我只記得她說「我來自鹿特丹。」於是我便坐上了這班火車前往鹿特丹，去了解一個我不了解的她。

走在鹿特丹的馬路上，我驚覺這裡沒有歐洲古都的歷史感。二次世界大戰時，市中心被轟炸到幾乎夷為平地，鹿特丹死了。重生的路上，鹿特丹放下歷史，大膽地興建了許多充滿現代感的城市大樓。這裡沒有歌德式教堂、巴洛克式百年古蹟，取而代之的是一棟棟玻璃幕牆的摩天大廈。這座劫後餘生的城市，不求追上阿姆斯特丹，她只希望藉著推倒重來的機會，盡情地活出屬於她自己的二次生命。荷蘭人有這麼一句"Amsterdam to party, Den Haag to live, Rotterdam to work."

呼應著那位點大麻的點燈人的話：「阿姆斯特丹有的，鹿特丹不需要。」鹿特丹沒有阿姆斯特丹的醉生夢死，這裡少一份派對的瘋狂，多一份港灣的恬靜。兩個城市都是活力充沛的青年，一個放任自由，一個大膽勇敢。

勇氣，重新開始需要勇氣，離開原點，踏上未知之路當然需要勇氣。我獨自在鹿特丹遊蕩，我被那些街頭雕塑吸引，被新潮的奇特設計的建築物吸引，被這城市的勇氣吸引。我不否認，我是一個大膽的女孩子。

我走著，大白天裡我看到黃色的星星燈出現在我的臉前。那是鹿特丹最有名的住宅區建築群——方塊屋（Kijkkubus）。傾斜四十五度的立方體如一個菱形在半空，建築師 Piet Blom 在三十年前（一九八四）就把它實現了，他的原意是每一間傾斜的房子都是一棵樹，整個建築群就是一片森林。

那些傾斜的黃色房間互相接合所組成的形狀，令我想起床前曾經有過的一盞燈，一盞代表願望卻已經碎了的星星燈。

我對著久違的星星燈許下願望，何寶榮說：「不如我哋由頭嚟過。」是重新開始，二人在舊路上再走一次，而我卻希望在未來重新開始，從新的角度、新的方式出發，放下舊事，活出屬於我的二次生命。

新一年，盼望所有生命中的旅人都能找到那盞碎了的星星燈，一切由新開始。

二〇一五年一月三十一日

語言文學類　PG2853　秀文學48

好好說別離

作　　者 / 黃煒童
責任編輯 / 鄭伊庭
圖文排版 / 黃莉珊
封面插繪 / 黃煒童
攝　　影 / 黃煒童
封面設計 / 吳咏潔

發 行 人 / 宋政坤
法律顧問 / 毛國樑　律師
出版發行 / 秀威資訊科技股份有限公司
114台北市內湖區瑞光路76巷65號1樓
電話：+886-2-2796-3638　傳真：+886-2-2796-1377
http://www.showwe.com.tw
劃撥帳號 / 19563868　戶名：秀威資訊科技股份有限公司
讀者服務信箱：service@showwe.com.tw
展售門市 / 國家書店（松江門市）
104台北市中山區松江路209號1樓
電話：+886-2-2518-0207　傳真：+886-2-2518-0778
網路訂購 / 秀威網路書店：https://store.showwe.tw
國家網路書店：https://www.govbooks.com.tw

2022年9月　BOD一版
定價：300元

讀者回函卡

國家圖書館出版品預行編目

好好說別離 / 黃煒童著. -- 一版. -- 臺北市 :
秀威資訊科技股份有限公司, 2022.09
面； 公分. -- (語言文學類)
BOD版
ISBN 978-626-7187-09-8 (平裝)

855 111013368